Ein Blick zum Sternenhimmel, und die Welt wird ungeheuer groß …

Allen Kindern gewidmet, die der Welt fremd gegenüberstehen

Autor: 幾米 **Jimmy Liao**
Übersetzung aus dem Chinesischen: Marc Hermann

Verlag der deutschsprachigen Ausgabe:
Chinabooks E. Wolf und E. Wu, Bühlstrasse 6, CH-8142 Uitikon-Waldegg
www.chinabooks.ch
Tel. 0041 (0)43 540 40 77 / 0041 (0)76 518 45 26 Fax 0041 (0)71 787 20 89
bestellen@chinabooks.ch
Vertrieb an den deutschen Buchhandel:
GVA Gemeinsame Verlagsauslieferung Göttingen GmbH & Co. KG
www.gva-verlage.de
Postfach 2021, D-37010 Göttingen
Tel. +49 (0) 551 384200 -0 Fax. +49 (0) 551 384200 -10
Vertrieb an den österreichischen Buchhandel:
Mohr Morawa Buchvertrieb GmbH
Sulzengasse 2, A-1230 Wien
Telefon: +43 (1) 680 14-0 / Fax: +43 (1) 688 71 30
Mail: momo@mohrmorawa.at

Erstauflage Oktober 2017

Sponsored by Ministry of Culture, Republic of China (Taiwan)

Printed in Taiwan

ISBN: 978-3-905816-69-3

Auf der letzten Seite in diesem Buch ist das Gemälde *Die Sternennacht* (*De Sterrennacht*, 1889) von Vincent van Gogh abgebildet.

Auf einigen Seiten sind Wände mit daran hängenden Bilderrahmen oder Postern dargestellt, die „Reproduktionen" weiterer berühmter Gemälde enthalten:
Van Goghs *Sternennacht* auf den Seiten 29 und 113
sowie Gemälde von René Magritte auf den Seiten 5 (*Le tombeau des lutteurs*), 9 (*Les Amants*), 10 rechts (*La découverte du feu*), 10 links, 24 und 73 (*Le fils de l'homme*).

Die Sternennacht

星空

Jimmy Liao
幾米

Aus dem Chinesischen übersetzt von Marc Hermann

Letztes Jahr hat mir mein Opa zum Geburtstag
einen kleinen Elefanten geschenkt.

Manchmal verwandelt sich der kleine Elefant in einen großen.

Bevor ich sechs wurde, lebte ich mit meinen
Großeltern in den Bergen fern der Stadt.
Nachts sind die Sterne dort sehr groß und hell.

Damals vermisste ich meine Eltern in der Stadt.

Jetzt vermisse ich meinen Opa in den Bergen und
meine Oma im Himmel.

Ich weiß nicht, seit wann es bei uns zu Hause so still ist.

Oft schließe ich meine Tür und verkrieche mich in meiner eigenen Welt.

Meine Mama arbeitet sehr viel, und viele Freunde hat sie auch.

Als sie das letzte Mal von einer Dienstreise im Ausland heimkam, hat sie mir eine kleine süße Katze mitgebracht.

Manchmal verwandelt sich die kleine Katze in eine große.

Ich habe meine Mama lieb, und sie hat mich auch lieb, aber sie versteht mich nicht, und wahrscheinlich verstehe ich sie auch nicht.

Ich habe zwar ein paar Freunde,
aber irgendwie fühle ich mich trotzdem einsam.

In der Schule habe ich manchmal Ärger,
aber das behalte ich für mich.

Nach außen gebe ich mich cool, aber in Wahrheit fühle ich mich verletzlich.
Manchmal weiß ich selbst nicht, warum ich so komisch geworden bin.

Mein Papa telefoniert ständig, und jedes Gespräch klingt sehr wichtig.
Aber ich weiß sowieso nicht, was ich mit ihm reden soll,
und ihm geht es wahrscheinlich genauso.

Manchmal kommen meine Eltern ganz gut miteinander aus,
aber manchmal streiten sie sich auch heftig
oder reden kein Wort miteinander.

Oft beobachte ich heimlich fremde Leute.
Was die anderen wohl bei sich zu Hause machen?

In das Haus der alten Oma gegenüber sind vor ein paar Tagen neue Mieter eingezogen.
Das tut der Oma sicher gut. Dann ist ihr Leben nicht mehr so öde, und sie sieht nicht mehr den ganzen Tag fern.

Mein Opa lebt ganz allein in den Bergen.
Wahrscheinlich langweilt er sich auch oft.
Zum Glück malt er gern.

Er sagt oft, die Sterne in den Bergen sind so schön
wie auf dem Bild von der Sternennacht, das van Gogh
gemalt hat.

Als der Herbst vorbei war, ist mein Opa krank geworden.
Aus dem Krankenhaus hat er mich angerufen.
Er hat die ganze Nacht gehustet, hat er mir erzählt.

Ich möchte so gern bei ihm sein,
aber er will nicht, dass ich die Schule vernachlässige.

Am Heiligabend schrillt das Telefon
und reißt uns alle aus unseren Träumen.

Ich wünsche mir so sehr, dass das bloß ein böser Traum ist.

Ich bin nicht zur Beerdigung meines Opas gegangen.

Ich weine nicht gern vor anderen Leuten.
Und wenn mein Opa mich so sehen würde,
würde ihn das nur traurig machen.

Ich möchte allein sein
und auf meine eigene Weise
von meinem Opa Abschied nehmen.

Einmal in einer kalten Winternacht
wache ich auf und höre jemanden singen.

Auf dem Dach vom Haus der alten Oma sehe ich einen fremden Jungen liegen.
Leise singt er zu dem vielen Schnee hinauf, der vom Himmel fällt.

Er sieht so froh und sorglos aus, als käme er von einem anderen Planeten.

Als die Schule wieder anfängt, kommt
ein neuer Mitschüler in unsere Klasse.
Als er sich selbst vorstellen soll,
sagt er bloß seinen Namen.
Danach will er kein Wort mehr reden.

Er ist sehr schweigsam und sagt zu niemandem Hallo.
Alle halten ihn für einen Freak,
nur ich nicht.
Ich rede manchmal auch nicht gern.

Obwohl er jetzt schon lange bei uns in die Klasse geht,
bleibt er trotzdem immer für sich.
Ein paar Schüler aus der Nachbarklasse können ihn nicht leiden.

Oft sehe ich ihn in einer Buchhandlung,
wo er sich still in eine Ecke kauert und liest.
Dabei vergisst er alles um sich herum.

Ich weiß nicht warum, aber ständig begegne ich ihm irgendwo.

Er scheint genauso ein Einzelgänger zu sein wie ich.

Aber ich bin besser dran als er, denn ich kann zaubern.

Wenn es regnet, hat er nie einen Schirm dabei.
Aber aus irgendeinem Grund beneide ich ihn,
wenn ich ihn so allein durch den Regen rennen sehe.

Er nimmt nie fremde Hilfe an.
Es scheint, als ob er sich nur abseits der anderen wohlfühlt.

Er ist wie eine Pflanze in einem Irrgarten:
Er interessiert sich nicht dafür, den Weg hinaus zu finden.

Ich dagegen bin wie ein kleiner Vogel, der in einen Käfig eingesperrt ist:
Ich sehne mich danach, in den weiten Himmel aufzufliegen.

Eines Tages sehe ich, wie ein paar Mitschüler
in einer dunklen Gasse auf ihn einprügeln.
Nichts hasse ich so sehr wie solche Ungerechtigkeit.

Wir sind zwar beide verletzt, aber ich glaube,
in Zukunft werden die anderen ihn in Ruhe lassen.

Als die Schule aus ist, gehen wir zusammen ins Krankenhaus,
damit wir neue Verbände bekommen.
Er erzählt mir, dass sein Vater Seemann und nie zu Hause ist.
Er hat seinen Vater schon lange nicht mehr gesehen.
Und seine Mutter hat zwei Jobs und ist Tag und Nacht
bei der Arbeit.

Wenn ihn etwas bedrückt,
redet er gern mit den Fischen.
Er hat jedem Fisch in dem Laden an
der Straßenecke einen Namen gegeben,
und alle sind sie seine Freunde.

In den Ferien läuft er gern in die Berge.

In der Wildnis ist er ein Überlebenskünstler
und kann Tage tief in den Bergen verbringen.

Sein Fenster ist die ganze Nacht erleuchtet.
Manchmal ähnelt es einem Leuchtturm am nächtlichen Meer,
manchmal einem Stern, der auf die Erde herabgefallen ist.

Die anderen Schüler tuscheln schon
hinter unserem Rücken,
aber das ist uns egal.

Oft möchten wir vor dem Druck in der Schule
am liebsten Reißaus nehmen –
wir wissen nur nicht wohin.

Seine Noten bleiben weit hinter denen der anderen zurück.
Ich versuche ihm zu helfen, aber leider ohne Erfolg.

Jeden Tag bleibt er bis tief in die Nacht auf,
und ich wundere mich, wie viel er lernt.

Oft, wenn wir nichts zu tun haben, bummeln wir umher.
Es ist ein schönes Gefühl, jemanden an seiner Seite zu haben.

Langsam verstehe ich, warum er sich so gern vom Regen durchnässen lässt: Man fühlt sich dabei, als würde man alle Fesseln abschütteln und die Natur willkommen heißen.

Am Wochenende fahren wir oft mit dem Zug ans Meer.
Dann beobachtet er immer durch sein Fernglas
die Dampfer am Horizont.

Er sagt, er ist so oft umgezogen, dass er schon gar nicht mehr weiß,
wo sein wahres Zuhause ist.

Frei wie ein Fisch müsste man sein, dann wäre man alle Sorgen los.

Draußen ist ein großes Feuerwerk,
aber in meinem Zimmer ist es ganz still.

Einmal ist sein geliebtes Zeichenbuch verschwunden.
Es ist schon dunkel, da finden wir es endlich
auf dem großen Baum in der Ecke des Schulhofs.

acer
sio
Par
BenQ
7

Am Himmel über der Stadt sieht
man immer weniger Sterne.

Gestern Nacht haben ein paar Randalierer
das Aquarium kaputt geschlagen.
Als wir es entdeckten, war es schon zu spät.
Da ist er ganz bleich geworden,
hat sich an die Straße gehockt und geheult.

Ich will nichts mehr davon wissen,
was zwischen meinen Eltern läuft.

Bloß weg von hier!

Wir verlassen die Stadt.

Es ist, als wäre mein Opa bloß kurz spazieren gegangen
und würde jeden Moment wiederkommen.

Durch das Fenster sieht man die wunderschöne Abendsonne.

In der Küche hört man ein herrlich fröhliches Lachen.

Hättest du Angst,
wenn wir beide die letzten Menschen auf der Welt wären?

Früher nahm mich mein Opa oft an der Hand,
und wir spazierten langsam durch den tiefen Wald.

Am Ende des Waldes liegt ein schöner kleiner See

Mein Opa ruderte gern mit einem kleinen Boot auf den See hinaus,
und dann lagen wir still da und ließen uns von den Wellen schaukeln

Als sich der Nebel lichtet, können wir
den wunderschönen Sternenhimmel betrachten.

Kaum wieder zu Hause, bin ich schwer krank geworden.

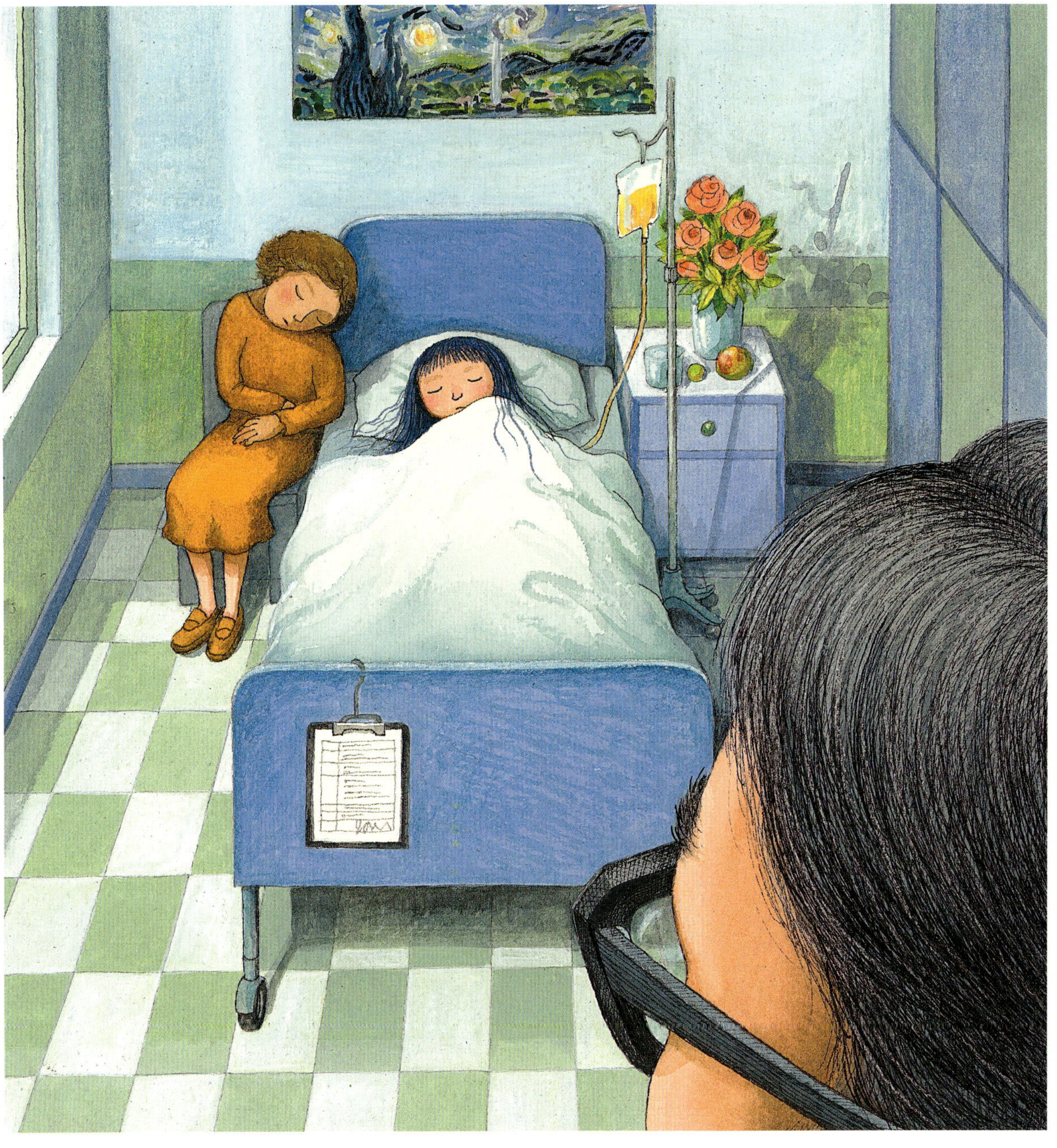

In meinem Dämmerzustand träume ich in einem fort von einem Wal, der gemächlich hinaus ins Meer schwimmt.

Erst als ich wieder zur Schule gehe, erfahre ich,
dass er die Schule gewechselt hat.

Die Oma erzählt mir:
„Das Schiff seines Vaters hat in einem Hafen im Süden angelegt, und diesmal hat er seine Familie anscheinend endlich mit sich genommen.“
Sie lächelt mich geheimnisvoll an und will mir unbedingt sein Zimmer zeigen.

In Wahrheit ist er der Zauberer.

An einem Frühlingsmorgen
bellt vor meiner Tür ein kleiner Hund,
den irgendjemand mir geschenkt hat.

Der kleine Hund bleibt immer so klein.

Meinen Freund habe ich nie wiedergesehen,
aber die wunderschöne, stille Sternennacht,
die wir in jenem Sommer erlebt haben,
werde ich nie vergessen.

Vincent
Van
Gogh